SUR LA NÉGOCIATION DE TRENTE MILLIONS DE RENTES.

AVIS.

L'on jugera par le contenu de cet Écrit, qu'il était destiné à paraître avant que le Budjet eût été adopté par la Chambre des Députés ;

Et l'on trouvera à la fin l'explication des motifs qui m'ont fait penser qu'il pourrait, même à présent, n'être pas inutile.

SUR LA NÉGOCIATION
DE TRENTE MILLIONS
DE RENTES,

Par M. le Mis. de Saisseval,

IL S'AGIT DE SAUVER 300 MILLIONS
A LA FRANCE.

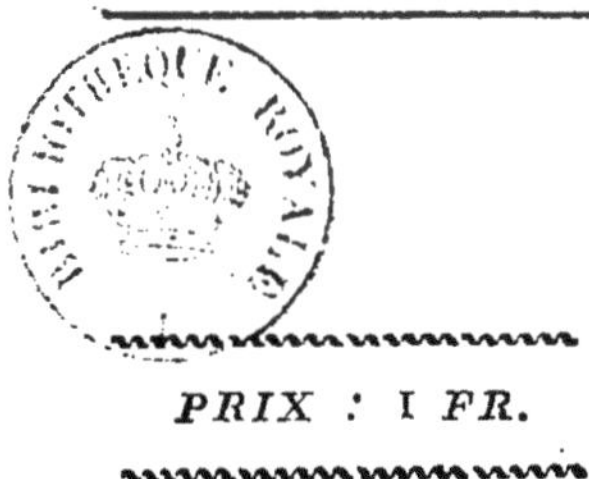

PRIX : 1 FR.

A PARIS,

Chez Mme. GOULET, Libraire, Galerie de Bois, au Palais-Royal;

Et chez tous les Marchands de Nouveautés.

1817.

DE LA NÉGOCIATION

DE

TRENTE MILLIONS.

Ce n'a pas été seulement une idée heureuse de la part des Ministres, c'est, j'ose le dire, une haute conception, d'avoir pensé que le moyen de remédier à des embarras tels que ceux où nous nous trouvions, serait un emprunt, et d'avoir conçu l'espoir de réaliser un emprunt dans de pareilles circonstances. Au reste, soit que l'on attache ou non autant de prix que je le fais à cette conception (qui pourra, ainsi que beaucoup d'autres du même genre, paraître toute simple, étant une fois connue), il est impossible au moins de contester l'utilité de ses résultats. Le crédit se compose de l'opinion et des faits. L'opinion était bien établie, que la France avait de quoi payer; mais cette opinion ne tenait pas contre le fait de payemens auxquels nous ne pouvions pas satisfaire dans le moment; et, tant que nous n'aurions pas assuré ces payemens, quelles que pussent être d'ailleurs nos facultés, notre crédit n'aurait jamais pu se rétablir. Il était donc important de trouver un moyen quelconque d'assurer l'exactitude de ces paiemens. Et comme notre revenu, qui ne suffisait pas pour de tels capitaux, suffisait évidemment pour en payer les intérêts, il s'agissait de trouver les capitaux à quel que prix que ce fût.

Mais s'il était important de nous procurer ce secours, à tout prix, il n'en résulte pas qu'il soit indifférent de le payer plus ou moins cher.

Je commencerai donc par exposer les inconvéniens de la négociation de nos titres de rentes.

Je présenterai ensuite quelques notions sur le but et les effets de l'amortissement.

Et enfin, je hasarderai mes idées personnelles sur l'emprunt que l'on pourrait substituer à celui qui me paraît si funeste.

INCONVENIENS

DE LA MESURE PROPOSÉE.

A PEINE avions-nous signé, en 1815, l'engagement de payer des subsides à nos alliés, que des spéculateurs s'étaient empressés de nous offrir de se charger d'effectuer ces payemens, moyennant la remise que nous leur ferions d'une quotité de rentes sur l'Etat, à un taux qu'ils indiquaient.

J'avais remis, dès les derniers jours de novembre 1815, à un homme considérable dans notre Gouvernement, une note, où je montrais que l'acceptation d'une pareille offre aurait beaucoup d'inconvéniens, sous différens rapports.

Cette offre fut alors rejetée : elle a été reproduite en dernier lieu, et a bientôt pris une telle consistance, qu'elle est devenue l'article capital du Budjet présenté par les Ministres à la Chambre des Députés.

Les choses étant arrivées à ce point, j'avais cru devoir m'abstenir de reproduire mes objections contre cette opération, dans laquelle je n'avais aperçu jusqu'à présent que le projet, très-habituel à ces spéculateurs, de profiter des besoins d'un Gouvernement pour gagner de l'argent: mais l'opinion énoncée par un membre de la Chambre des Députés, le 10 février dernier, est venue m'avertir que les théories de crédit pourraient se marier dans certains esprits avec des conceptions funestes; et, de ce moment, j'ai cru qu'il serait utile d'exposer au Public, et particulièrement aux Chambres, les inconvéniens que j'avais aperçus dès l'origine dans cette opération (même indépendamment des réflexions auxquelles cette nouvelle circonstance pouvait donner lieu (1).

---

(1) Bolinbroke disait, à l'occasion de ces emprunts, ainsi livrés au monopole de quelques spéculateurs :

« *De là*, l'accroissement de la dette, l'agiotage et la » création de ces grandes compagnies qui se disent » aux ordres des ministres, mais qui, à plusieurs » égards, sont les maîtres de tout Gouvernement. » (Baert, Tableau de la Grande-Bretagne, tome 3, page 139.)

L'orateur dont je parle a été jusqu'à vouloir *rapporter l'époque de la naissance du crédit en Angleterre*

Analyse de ma Note de 1815 *sur la première proposition des capitalistes.*

J'observais d'abord: « que l'acceptation de ces offres était contraire à la politique de la

---

à celle de l'avénement de Guillaume III. Comme on pourrait supposer que ceux qui ont la théorie et la pratique du crédit, en savent aussi l'histoire, il n'est peut être pas inutile de faire remarquer que cette assertion n'est pas même historiquement vraie.

Guillaume III mourut en 1702, et ce ne fut que dans le dix-huitième siècle que le crédit s'établit en Angleterre : il s'établissait également à cette époque dans la plupart des pays de l'Europe; l'Autriche (qui certainement n'avait pas de constitution parlementaire) trouva dans ce même temps, en Hollande et dans la Belgique, des sommes prodigieuses, à 5 et même à 4 pour 100. Les obligations sur le prince d'Orange, portant 3 et même 2 et 1/2 d'intérêt, se négociaient au pair, et souvent avec une prime, etc., etc.

Il y a plus : à la mort de Guillaume III, l'Angleterre était endettée de 16 millions sterlings (ou 400 millions de notre monnaie); et cela provenait surtout du taux énorme auquel le Gouvernement avait été obligé d'emprunter.

« Le crédit (dit un auteur distingué) résulta si peu
» de l'avénement de Guillaume III, que le premier
» emprunt qui se fit alors de la modique somme de

France (sous des rapports qui n'auraient plus aujourd'hui d'application.)

» Les offres de ces capitalistes avaient au reste, en elles-mêmes, quelque chose de satisfaisant; le fait seul de ces offres était propre à nous tranquilliser sur les ressources de la France; des spéculateurs tels que ceux qui se présentaient, ne s'abusaient jamais sur leurs intérêts personnels; et, dès qu'ils proposaient de se charger de payer nos dettes, en devenant propriétaires de titres de créances sur nous, il ne pouvait plus être douteux pour nous, que non-seulement la France avait le moyen de satisfaire aux charges onéreuses qui lui étaient imposées, mais qu'elle avait, en outre, un excédent suffisant pour procurer à ces spéculateurs des bénéfices considérables.

» Mais l'existence de nos moyens étant ainsi démontrée, le meilleur usage qu'il fût possible d'en

---

» 500,000 liv. sterl. (12 millions de francs) ne trouva » de souscripteurs, parmi les Anglais, que ceux qui » y furent engagés par la crainte d'être réputés *mal* » *affectionnés*, et qui mirent immédiatement sur la » place les récépissés, qu'on négocia jusqu'à 53 p^r. 100 » de perte, quoique le taux de l'intérêt fût à 8 p^r. 100, » tant il y avait peu de confiance. » (*Dictionnaire universel de la Géographie commerçante*, tom. 2, pag. 410.)

faire, ce ne serait évidemment pas de les consommer, pour procurer à ces spéculateurs des bénéfices qui surpasseraient tous ceux qu'avaient pu réaliser jusqu'à présent les plus ambitieux de leurs semblables.

» Il était d'autant plus important de chercher à se passer du secours de ces spéculateurs, que l'on n'aurait pas ici la ressource de chercher ailleurs de meilleures conditions ; lorsqu'un Gouvernement avait besoin de quelques millions seulement, il pouvait espérer d'établir une concurrence entre deux maisons de banque, soit régnicoles ou étrangères, également capables de lui fournir cette somme modique : mais lorsqu'il s'agissait, comme ici, de 6 ou 700 millions, il n'y avait plus moyen d'établir une pareille concurrence ; car alors, les spéculateurs de tous les pays, et qui parlent les idiomes les plus différens, s'entendaient parfaitement d'un bout de l'Europe à l'autre, pour fournir leur contingent dans une opération aussi lucrative, en exigeant les intérêts les plus chers et toutes les garanties possibles.

» Ce n'était pas un bon calcul que de choisir l'instant où l'on avait le moins de crédit, pour emprunter, non-seulement ce dont on avait besoin dans le moment, mais ce dont on prévoyait que l'on aurait besoin dans les années subséquentes ; il serait plus raisonnable de borner le montant d'un emprunt à la somme actuellement nécessaire : nous aurions lieu d'espérer que les mesures sages que nous pourrions prendre ensuite (à la tête desquelles je plaçais la création d'une Caisse d'amortissement bien constituée), inspireraient assez de confiance pour que nous trouvassions successivement, chaque année, les sommes dont nous aurions besoin, à un taux décroissant progressivement dans la proportion de l'accroissement de la confiance.

» L'opération proposée par les spéculateurs aurait évidemment les suites les plus fâcheuses ; ce serait moins la sortie de notre numéraire (sur laquelle d'autres ont tant insisté à l'occasion du renouvellement de ces propositions), que l'inconvénient de mettre ainsi le taux de nos rentes à la disposition des étrangers : la portion énorme de ces rentes, dont ils seraient alors propriétaires, leur donnerait évidemment la facilité de produire à leur gré la hausse ou la baisse sur notre place, et de nous causer, dans le cours de fort peu d'années, des pertes énormes. »

Voilà ce que j'observais alors.

Maintenant, la réunion de tous les spéculateurs de l'Europe, pour absorber les restes de notre fortune publique, que j'indiquais alors comme vraisemblable, est authentiquement déclarée.

Il est permis de s'étonner seulement de ce que ces spéculateurs, au lieu de se croire obligés d'améliorer les offres qui avaient été alors rejetées, sont parvenus à faire agréer aujourd'hui l'idée de leur livrer ces mêmes rentes à 55 francs seulement.

Les objections que je faisais en 1815 contre la cession de nos titres de rentes *à* 65 fr. (1) ont évidemment bien plus de force contre la cession qui en serait faite aujourd'hui *à* 55 fr.

L'on a cru y répondre, en disant: *que les étrangers ne chercheraient point à nous ruiner, parce qu'étant nos créanciers, il leur importerait de nous laisser les moyens de les payer.* Mais notre ruine ne résulterait pas d'une mauvaise intention de leur part, elle résulterait simplement du fait des intérêts que nous aurions à leur payer annuellement. Il faudrait, au contraire, des combinaisons

(1) D'après le *Journal des Débats* du 13 novembre 1815, ces capitalistes prenaient alors les rentes à 65 francs.

bien profondes pour lutter, sous ce rapport, contre la nature des choses; des combinaisons que la Providence seule pourrait faire en notre faveur; et certes, ce serait une étrange idée que celle de considérer désormais les spéculateurs qui nous auraient prêté aujourd'hui à un prix si cher, comme étant devenus notre Providence pour les années subséquentes.

D'ailleurs, croira-t-on que si ces spéculateurs s'accordent tous pour nous favoriser aujourd'hui de ce prêt usuraire, ils s'entendront également sur toutes les combinaisons qui pourront tendre à nous traiter avec quelque ménagement ?

Ne pourrait-il pas s'en trouver quelques-uns qui, sacrifiant la sagesse de leurs combinaisons communes à l'idée de faire des bénéfices personnels plus rapides, travailleraient activement à notre ruine?

Au surplus, j'admettrai que tous ces spéculateurs s'entendraient constamment pour ces combinaisons modérées, favorables à leur intérêt commun.

Eh bien! dans ce cas-là même, il en résulterait seulement qu'ils ne voudraient pas nous ruiner trop vite, parce qu'ils auraient en effet intérêt à ne le pas faire : mais, qu'étant les maîtres de diriger leurs opérations dans cet intérêt, ils modifieraient les hausses et les baisses alternatives de nos titres de rentes, de manière qu'à l'époque où ils seraient parvenus, par leurs manœuvres de bourse, à faire rentrer entre les mains des Français tous les titres de rentes sur l'Etat, à un prix fort cher, ils nous laisseraient entièrement libérés envers eux, et appauvris de toute la différence qu'ils auraient réalisée sur le prix de ces rentes.

L'on a observé à cette occasion, *que le numéraire ne faisait pas la richesse d'un pays*, et l'on a cité l'Angleterre, qui ne possède pas beaucoup de monnaies métalliques.

Sans entrer ici dans aucune théorie abstraite, il est constant que, lorsque nous serons débiteurs de sommes considérables aux étrangers, il sortira chaque année de France, soit en numéraire, soit en denrées quelconques, des valeurs considérables, contre lesquelles nous obtiendrions, dans le cours habituel du commerce, d'autres valeurs en échange, et contre lesquelles il ne nous en rentrera aucune, lorsque nos propres valeurs seront employées au dehors à l'acquit des intérêts de nos dettes.

Il est donc évident que cette opération, conçue dans l'intérêt unique de ceux qui l'ont proposée, deviendrait pour la France la plus désastreuse qu'il fût possible d'adopter.

SUR LE BUT ET LES EFFETS DE L'AMORTISSEMENT.

L'ON s'est bien aperçu que l'opération dont il s'agit aurait beaucoup d'inconvéniens ; mais on aime à se persuader qu'ils disparaîtront tous devant notre système d'amortissement.

L'amortissement est en effet, ainsi que le mot l'indique, l'action par laquelle on *amortit*, on atténue le mal d'une dette publique, en en diminuant successivement la masse. Et sans doute, une pareille action exercée avec intelligence devient le véritable remède au mal des emprunts.

Mais il ne faut pas en conclure qu'il suffise de prononcer le mot *amortissement*, pour acquérir la faculté d'emprunter indéfiniment, et à tout prix. Il ne faut pas se persuader qu'il suffise d'établir une caisse d'amortissement quelconque, pour pouvoir se flatter que la dette publique se trouvera entièrement remboursée par cette caisse au bout d'un certain nombre d'années.

Avant M. Pitt, il existait en Angleterre une

caisse d'amortissement, dont les effets avaient été peu sensibles. Cet habile ministre la reconstitua sur de nouvelles bases, si bien combinées, qu'elle est devenue la source du crédit et de la puissance incommensurable à laquelle cette nation est aujourd'hui parvenue.

Il existait aussi une caisse d'amortissement en France, avant celle qui a été organisée dans la dernière session des Chambres; et il a été reconnu, à cette époque, qu'elle n'avait rendu aucun service à nos finances, et qu'elle n'était susceptible d'en rendre aucun.

Tâchons que notre système d'amortissement soit désormais aussi bien constitué que celui de M. Pitt, et qu'il procure à la nation française les mêmes avantages.

Pour atteindre ce but, il est très-important de ne pas se faire de fausses notions sous ce rapport. Il est très-essentiel, par exemple, de ne pas se persuader (avec l'auteur de l'article inséré dans le Journal des Débats, du 7 février dernier) qu'il soit indifférent d'employer à l'amortissement de la dette pnblique une portion des revenus de l'Etat, ou le produit d'emprunts nouveaux.

L'amortissement n'a point seulement pour but, comme beaucoup de gens se le persuadent, de flatter l'imagination des créanciers de l'Etat, en leur présentant un concurrent de plus pour acheter leurs titres de créances, au moment où ils voudraient s'en défaire. Dans ce cas, on pourrait, en effet, espérer de faire quelque illusion sous ce rapport, en empruntant des fonds d'un côté pour racheter des rentes de l'autre.

Mais l'amortissement n'est point fondé, et ne peut pas s'établir, sur des illusions; cette opération a une base réelle; elle a un but loyal, celui d'opérer dans un temps donné le remboursement du capital dont on est débiteur.

Pour se faire des idées justes à cet égard, il me paraît indispensable d'entrer dans quelques détails sur l'origine de l'amortissement.

Il a existé un temps où l'on aliénait volontiers des capitaux pour se procurer nne rente de 3, 4 ou 5 pour 100 (1). A cette époque, celui qui

---

(1) Je demande pardon si je deviens ici puérilement élémentaire. Mais tout le monde veut discuter le Budjet (les dames même n'y ont pas renoncé), et tout le monde n'a pas des idées exactes de l'amortissement. J'ai donc cru devoir en donner ici des notions précises.

Les personnes plus instruites sur cette matière pourront se dispenser de les lire, et passer à la page 31.

plaçait ainsi ses fonds les abandonnait à perpétuité : le particulier, ou le Gouvernement qui les recevait, lui assurait en échange une rente qui devait aussi être payable à perpétuité, et conservait néanmoins la faculté de se libérer de cette rente, en restituant volontairement la somme qui lui avait été fournie (qui ne pouvait jamais lui être redemandée) ; et l'ensemble de ces conditions paraissait alors constituer un marché tellement égal de part et d'autre ; la valeur de la jouissance de la rente était considérée comme tellement comparable à celle des capitaux fournis, qu'en général celui qui avait ainsi livré ses capitaux, redoutait l'usage que l'on pourrait faire de la faculté de les lui rendre.

Mais les particuliers et les Gouvernemens abusèrent de la facilité qu'ils avaient de se procurer ainsi des capitaux. Les rentes, pour lesquelles les uns et les autres avaient pris des engagemens annuels, excédèrent souvent le montant de leurs revenus : elles ne furent plus payées exactement ; elles finirent quelquefois par ne plus l'être du tout. L'on cessa alors de vouloir aliéner ses capitaux à perpétuité ; on ne consentit plus à s'en dessaisir que pour un temps limité ; et cette nouvelle combinaison donna lieu entre particuliers aux transactions connues sous le nom d'*obligations à terme*.

Les Gouvernemens se trouvèrent également dans la nécessité de donner à ceux qui leur livraient des capitaux, l'espoir de les revoir un jour, de s'engager à les rendre successivement, et par parties, à des époques fixes et déterminées.

Et le Gouvernement anglais imagina bientôt après, qu'il inspirerait plus de confiance dans l'exacte observation de ces engagemens relatifs à ses nouveaux emprunts, en se décidant à rembourser même ses dettes anciennes, en restituant successivement les sommes qu'il n'était pas obligé de restituer, et dont il était tenu seulement de servir exactement la rente.

C'est, particulièrement, à cette dernière opération que s'applique le mot d'*amortissement*; c'est ainsi qu'il est entendu en France, depuis que nous avons aussi adopté ce système.

Cette opération s'exécute communément par le rachat des titres de créances, que le Gouvernement obtient pour une somme moindre que celle qui a été fournie dans l'origine : cela devient une transaction volontaire, dont le taux se trouve réglé naturellement par le plus ou moins grand empressement des particuliers, qui sont disposés à faire un sacrifice pour recevoir leurs fonds plutôt que d'autres.

Mais le système de l'amortissement n'en est pas moins fondé sur la supposition de la possibilité de rembourser successivement la totalité du capital de la dette.

Or, si un particulier qui doit 100,000 fr. à l'intérêt de 5 pour 100, jouit d'un revenu suffisant pour pouvoir disposer chaque année, sur ce revenu, d'une somme de 6,000 fr., il pourra en employer 5,000 fr. au payement des intérêts ; et s'il jetait chaque année les autres 1,000 fr. dans son coffre, il trouverait (lui ou les siens), au bout de 100 ans, dans ce coffre, les 100,000 fr. nécessaires pour acquitter cette dette.

Que si, au lieu de jeter ces 1,000 fr. dans son coffre au bout de chaque année, ce débiteur place chaque année ces mêmes 1,000 fr. d'une manière productive de 5 pour 100 d'intérêts ; qu'il ne dépense pas les intérêts que lui rapporteront ces mêmes 1,000 fr. ; qu'il les replace encore de manière à produire eux-mêmes 5 pour 100 de leur montant, il est évident qu'alors il lui faudra moins de 100 ans pour obtenir sa libération. (Et il résulte du calcul, qu'en opérant constamment de cette manière, sa libération se trouvera complètement effectuée au bout de 37 ans.)

Mais si ce débiteur ne jouit que d'un revenu égal à sa dépense, il ne pourra se procurer chaque année la somme nécessaire pour opérer sa libération, ainsi qu'il vient d'être dit, que par trois moyens :

Ou par des économies, *ou* par la réduction de l'intérêt, *ou* par un accroissement de revenu.

1°. *Par des économies.*

Si ce débiteur de 100,000 fr. réduit la dépense annuelle qu'il faisait jusqu'alors, d'une somme de 6,000 francs, il trouvera, au bout de chaque année, les 5,000 francs pour payer les intérêts de sa dette, et les 1,000 fr. nécessaires pour en opérer le remboursement successif.

2°. *Par la réduction de l'intérêt.*

Si celui qui doit 100,000 fr. à 5 pour 100, n'ayant qu'un revenu suffisant pour sa dépense et pour payer les 5,000 fr. d'intérêts annuels dont il est chargé, trouve à emprunter une somme de 100,000 fr. à l'intérêt de 4 pour 100; il lui restera alors, au bout de chaque année, 1000 fr., qui pourront être employés au remboursement du capital, et opérer sa libération.

3°. *Enfin, par un accroissement de revenu.*

Si celui qui emprunte 100,000 fr., et qui n'aurait pas eu jusqu'alors les moyens nécessaires pour en payer les intérêts, acquiert au moment même de son emprunt, un accroissement de revenu de 6000 fr., il aura également 5000 fr. pour le payement de ses intérêts annuels, et pourra employer 1000 f. chaque année à sa libération.

C'est, en général, sur ce dernier moyen que l'amortissement est fondé en Angleterre.

Si l'on y fait un emprunt de 100 millions à 5 pour 100, le Gouvernement se procure en même temps une augmentation de revenu relative à cette somme, en établissant une nouvelle taxe susceptible de produire plus de 5 millions par an : 5 millions sont employés au payement des intérêts ; et la portion qui excède ces 5 millions est versée à la caisse d'amortissement, pour être employée au remboursement successif du capital.

Dans tous ces cas, le débiteur se trouve jouir ainsi, naturellement, des intérêts des sommes qu'il rembourse successivement, et des intérêts de ces intérêts, par ceux dont il se libère avec ces sommes ; c'est ce qui constitue ce qu'on appelle les intérêts composés (1).

---

(1) *Les résultats de ces intérêts composés, sont si prodigieux, qu'on a peine à les concevoir.*

Je citais sous ce rapport, dans un petit écrit que

Il n'est pas vrai pourtant, comme le prétend l'auteur de l'article du journal que j'ai déjà cité, que la retenue qui serait faite dans le principe, d'une seule unité sur le capital emprunté, pût en opérer le remboursement total en 37 ans. Il est évident que, malgré la magie des intérêts composés, une seule unité ne pourrait pas, dans le cours de 37 ans, devenir génératrice de 100 autres unités semblables. C'est en employant ainsi une unité chaque année, que ces unités successives, s'accroissant successivement chacune, des intérêts dont elles deviennent elles-mêmes productives, en opèrent effectivement le remboursement total dans le cours de 37 années. (Un sur 100 prélevé dans le principe sur le capital, et employé à l'intérêt composé de 5 pour 100, n'opérerait le remboursement to-

---

j'avais publié en faveur du budget de 1814, et je me plais à citer de nouveau, ce calcul bien connu en Angleterre : un simple scheling (une pièce de 24 sous), placé le premier jour de l'ère chrétienne, à l'intérêt de 5 pour 100, et les intérêts de cette somme successivement placés, ainsi que les intérêts de ces intérêts, jusqu'à l'époque actuelle, auraient produit une somme équivalente à un million de globes d'or massif gros, chacun, comme la terre.

tal que dans le cours de 90 ans ou environ.)

Mais, quelle que soit la somme destinée chaque année au remboursement, il en résultera toujours que, si elle est constamment appliquée à sa destination, et employée ainsi qu'il a été dit, le remboursement se trouvera totalement opéré dans un temps déterminé.

Voici comment la caisse d'amortissement anglaise jouit naturellement des bénéfices des intérêts composés, sur les sommes qu'elle rembourse.

Cette caisse, lorsqu'elle rembourse, ou rachète un titre de créance de l'Etat, n'anéantit point ce titre : le Gouvernement en reste débiteur, et la caisse d'amortissement en devient elle-même propriétaire ; elle touche ensuite tous les ans les intérêts que touchait le créancier auquel elle est subrogée ; et comme elle applique annuellement ces intérêts à racheter d'autres titres de créance, dont elle touche également ensuite les intérêts, elle jouit ainsi réellement du bénéfice des intérêts composés. Il en résulte que, si le Gouvernement anglais cessait d'emprunter pendant un certain nombre d'années, sa caisse d'amortissement se trouverait l'unique propriétaire de toute la dette publique : et comme cette caisse n'est séparée des autres caisses publiques que pour l'ordre des opérations ; à l'époque où elle serait devenue ainsi la seule créancière du Gouvernement, la confusion s'opérerait naturellement, et le Gouvernement se trouverait entièrement libéré.

Le système de l'Amortissement n'est pas exclusif de la faculté d'emprunter encore.

On a beaucoup insisté sur ce point, et il est important de l'éclaircir.

Il est très-vrai que l'amortissement ne prive pas un Gouvernement de la faculté de faire de nouveaux emprunts ; mais il n'en résulte pas que l'on puisse employer avec succès, en tout ou en partie, le produit de ces emprunts nouveaux, à l'amortissement de ce que l'on doit déjà.

Nous avons vu précédemment, qu'un débiteur pouvait opérer sa libération toutes les fois qu'il trouvait, soit dans les économies auxquelles il se résigne par sa sagesse, soit dans la réduction de l'intérêt qu'il obtient par son crédit, soit dans un accroissement de revenu qu'il acquiert par un moyen quelconque, un excédent suffisant pour payer les intérêts de sa dette, et pour employer chaque année une petite somme à l'amortissement du capital.

Mais on voit qu'il n'arrive rien de semblable lorsque, pour rembourser, l'on emprunte une somme égale à celle que l'on rembourse, et au même taux d'intérêt.

Dans ce cas, *si l'emprunteur avait précédemment les moyens d'acquitter les intérêts de sa dette*, le résultat de son opération est absolument nul; il payera l'année prochaine à Pierre les mêmes intérêts qu'il payait cette année à Paul, et il n'y aura là rien de productif, rien qui puisse devenir générateur d'intérêts composés propres à opérer sa libération.

Et s'il n'a pas dans ses moyens personnels ce qu'il lui faut pour payer ces intérêts, s'il emprunte chaque année pour subvenir à ces payemens, alors il continuera de devoir toujours l'ancien capital; sa dette s'accroîtra progressivement, chaque année, des sommes employées, chaque année, au payement des intérêts, et des intérêts de ces intérêts même; et sa ruine se trouvera ainsi consommée dans un nombre d'années assez court, qu'il est facile de calculer.

Si donc, un Gouvernement qui est grevé d'une dette antérieure veut emprunter encore, il peut le faire, dans le cas où, les ressources qu'il a précédemment affectées au payement des intérêts et au remboursement de sa dette existante continuant d'y rester affectées, il pourra se procurer par de nouvelles économies ou par un nouvel accroissement de revenu, d'autres moyens de faire également face au payement des intérêts, et au remboursement successif du capital de la nouvelle dette qu'il veut contracter ; et alors, il ajoutera à la dotation annuelle de sa caisse d'amortissement, le montant de ces nouvelles ressources, dans une proportion relative au montant de cette nouvelle dette.

Mais le jour où il ne serait plus possible d'augmenter les revenus, dans la proportion relative à l'augmentation de la dette ; le jour ou le gouvernement anglais, ou tout autre, n'aurait d'autre ressource pour satisfaire, soit aux anciens engagemens, soit aux nouveaux, que d'emprunter d'un côté pour payer de l'autre, ce gouvernement ne pourrait plus inspirer de confiance à personne ; il retomberait dans tous les inconvéniens que nous avons précédemment fait apercevoir ; il se trouverait sans crédit et sans moyens, au bout de fort peu d'années.

L'Angleterre (dont on a prédit si souvent la ruine) est bien loin d'un pareil danger. Elle a toujours trouvé, jusqu'à présent, le moyen d'accroître ses revenus dans la proportion de sa dette ; et maintenant elle a la sagesse, prévoyant que ce moyen pourrait lui manquer par la difficulté d'établir de nouvelles taxes, de recourir d'avance à l'un des autres moyens que nous avons indiqués, à celui de l'économie, qui lui fournira de nouvelles ressources pour son amortissement.

Tous les argumens en faveur d'un amortissement fondé sur des emprunts, disparaissent devant six lignes du calcul le plus simple. Jamais Caisse d'amortissement ne peut amortir la dette d'un écu, s'il n'y a pas un excédent de recette au-delà de la dépense. L'on n'obtient qu'un résultat absolument nul, si, pour rembourser une somme dont on payait un intérêt quelconque, on emprunte d'un autre côté une somme égale, à un intérêt pareil ; et l'on se ruine, lorsque, pour rembourser ce qu'on doit, on l'emprunte à un intérêt plus cher.

DE L'EMPRUNT PROPOSÉ EN REMPLACEMENT DE L'OPÉRATION SUR LES RENTES.

C'est avec une extrême timidité que j'aborde cette dernière partie de mon travail.

Je n'ai éprouvé aucun embarras à faire connaître les inconvéniens de l'opération que je combattais, parce que j'ai la conviction qu'elle serait désastreuse, et qu'il est encore possible, même aujourd'hui, de la remplacer par une autre qui n'aurait pas les mêmes inconvéniens.

J'ai exposé avec confiance mes idées sur l'objet et les effets de l'amortissement, parce que j'ai également la certitude que ces notions, qui ne sont pas nouvelles, auront du moins l'avantage de rappeler les principes dont il est essentiel de ne pas s'écarter.

Mais il y a quelque chose d'imposant dans l'idée, que l'emprunt qui sera adopté peut avoir une si grande influence sur le crédit de la France, et par suite sur ses destinées futures.

Je me rassure pourtant : *D'abord*, par la

conscience que j'ai que si le mode que je vais proposer n'est pas le meilleur que l'on eût pu trouver, il est au moins préférable à celui que j'ai combattu ;

Et ensuite, par l'espoir que si ses avantages sont appréciés, il pourra encore s'améliorer de tout ce que les lumières des Ministres et celles des Membres des deux Chambres pourront y ajouter.

Mon objet a été de me conformer, autant qu'il m'a été possible, au projet des Ministres, qui semble avoir déjà pris quelque consistance dans la Chambre des Députés.

J'ai donc adopté pour première base, l'idée d'un emprunt de 200 millions, en tâchant de le rendre tout à la fois moins onéreux et plus attrayant ; en conséquence :

1°. J'ai divisé cet emprunt en deux Parties, afin que le Gouvernement pût déjà bénéficier sur la moitié du montant de cet emprunt, du crédit que cette opération doit elle-même lui procurer.

2°. J'ai supposé que l'on consentait à payer un intérêt de 10 pour 100, ou au moins de 9 pour 100, et j'ai admis ce dernier taux.

3°. J'ai admis encore que l'on consentait à allouer

allouer à cet emprunt 3 pour 100 d'amortissement par an.

Le fonds total, consacré à l'amortissement de notre dette publique, va être porté à environ un et demi pour 100 du capital total de cette dette; or, dans l'opération que j'attaque, les propriétaires de nos nouveaux titres de rentes, participant à cet amortissement dans la proportion nominale de ces titres, jouiraient, comme on voit, de 3 pour 100 d'amortissement sur le capital par eux effectivement fourni.

J'ai donc pu partir de ce point, et allouer également 3 pour 100 par an d'amortissement.

4°. En consentant à de pareils sacrifices (déjà beaucoup plus grands que ceux que j'aurais voulu faire), je me suis occupé de moyens de nous préserver au moins de la cruelle nécessité de contracter, en outre, l'obligation de rembourser un capital double de celui que nous aurons reçu, de nous engager pour 400 millions, quand il ne nous serait fourni que 200 millions. En effet, c'est en ce point surtout que consisterait l'inconvénient de l'autre opération.

Quelques personnes, pleines d'esprit d'ailleurs, mais qui n'ont pas assez réfléchi sur cette matière, se persuadent que la caisse d'amortissement deviendrait avantageuse, *dans ce sens* qu'elle préviendrait la hausse des effets, en s'empressant de les racheter sur la place avant qu'ils puissent monter; qu'elle nous dispenserait ainsi de la nécessité d'avoir à payer un capital, ou double, ou du moins beaucoup plus considérable que celui que nous aurions reçu. J'ai vu des députés, très-bien intentionnés, disposés à augmenter, autant qu'on le voudrait, le fonds de la caisse d'amortissement, dans l'idée que c'était là le genre de service qu'elle était destinée à nous rendre.

Il a été dit dans cette Chambre (le 27 février dernier): *qu'on avait tort de supposer que nous nous endetterions de* 600 *millions pour les* 300 *millions qui nous seraient fournis;* l'orateur a même ajouté: *qu'il s'engageait à prouver, qu'au moyen du fonds d'amortissement, nous acquitterions nos dettes avec une somme moindre que celle que nous aurions reçue.*

Tout ce que j'ai dit dans ma seconde partie, au sujet de l'amortissement, ne me dispense donc pas d'ajouter encore ici un mot sur ce point; et j'aime mieux courir le risque de me répéter, que celui de laisser subsister dans un seul esprit, une pareille erreur.

Encore une fois, donc : bien loin que l'amortissement ait un pareil but, il a au contraire pour objet, de montrer et d'exécuter réellement des intentions de fidélité, d'augmenter la confiance, de faire monter constamment le prix des effets sur la place, et d'acquérir ainsi le moyen de trouver ensuite les nouveaux emprunts, dont on pourrait avoir besoin, à un taux moins cher.

Loin donc que l'augmentation des fonds que l'on y destinerait, pût faire concevoir l'idée de retirer nos titres de créances pour un capital inférieur à celui auquel nous serions engagés, son effet serait, si ce n'est de les porter tout à fait au pair, au moins de les en rapprocher; (s'ils ne s'élevaient pas à 100 francs, ils remonteraient peut-être *à* 80 *ou* 90. Si nous n'étions pas obligés de payer 400 millions pour les 200 que nous aurions reçus, nous serions obligés d'en payer 350 ou 380.)

Et je dirai même plus : si nous avions une fois adopté l'opération qui nous conduirait à un si énorme sacrifice, le plus grand bonheur qui pût nous arriver, ce serait qu'il se consommât dans son entier. Car, quelque regret que nous pussions avoir d'être obligés de payer deux capitaux pour un ; quelque chagrin que nous pussions éprouver de voir ceux qui nous auraient prêté à une si forte usure, gagner encore ainsi 100 pour 100 sur leur capital, les avantages que nous obtiendrions par le crédit, dont ce taux deviendrait la preuve, seraient bien supérieurs à ces inconvéniens.

Mais, pour sentir tout ce qu'il y aurait de réel dans ce sacrifice, il suffit peut-être de considérer ce qui se passe aujourd'hui en Angleterre.

Nous voyons tous les jours dans nos journaux la cote des fonds anglais.

Or, les 5 p. $\frac{0}{0}$ sont à 97 $\frac{3}{4}$,

Et les 3 p. $\frac{0}{0}$ sont à 66;

D'où il résulte, comme on voit, que celui qui achète des 5 p. $\frac{0}{0}$, place ses fonds à un peu plus de 5 p. $\frac{0}{0}$ (puisqu'il paye 5 f. de rente, un peu moins de 100 francs), et que celui qui achète des 3 p. $\frac{0}{0}$, place à moins de 5 p. $\frac{0}{0}$ (puisqu'il paye une rente de 3 francs, 6 francs de plus que 60 francs); ce qui ne lui procure que 4 $\frac{1}{2}$, ou plus exactement, 4 $\frac{6}{11}$ de rentes de son déboursé.

A quoi tient donc cette différence? à ce que le Gouvernement n'ayant touché originairement que 100 fr. pour le capital des 5 p $\frac{0}{0}$, celui qui achète ces 5 p. $\frac{0}{0}$, 97 3/4, ne pourra jamais gagner plus de 2 et 1/4 sur cette acquisition, tandis que le Gouvernement ayant touché également 100 fr. pour le capital des 3 p. %, le propriétaire de ceux-ci voit devant lui la possibilité de la hausse jusqu'à 100 f., et que cette augmentation lui paraît vraisemblable dans une proportion suffisante pour payer 6 f. la chance de cette augmentation. Cette chance deviendrait bien plus avantageuse encore pour les spéculateurs qui se procureraient ici, pour le même prix, des titres représentant un capital égal, productif d'un revenu de 5 pour 100, au lieu de 3 pour 100.

L'engagement que nous prendrions pour un capital double de celui que nous recevrions, serait donc un sacrifice réel ; ce que les prêteurs gagneraient à ce sacrifice, nous le perdrions ; et la proportion de cette perte d'un côté, et de ce gain de l'autre, pourrait être de 100 pour 100 ; le montant pourrait s'en élever, en somme, jusqu'à 300 millions.

Il est donc important d'éviter un pareil sacrifice, s'il est possible de trouver un moyen qui nous procurera le même secours dans le moment, et qui relevera notre crédit aussi promptement, en nous dispensant de ce sacrifice.

5°. Je me suis persuadé qu'il conviendrait de remplacer, au profit de ceux qui s'intéresseraient dans cet emprunt, la chance qu'ils n'auraient plus d'un accroissement de capital, par l'avantage immense d'une affectation spéciale.

Je sais que, d'après les principes aujourd'hui généralement adoptés en France, pour l'exacte observation de tous les engagemens contractés, tout engagement, de quelque nature qu'il soit, pourra désormais paraître également assuré ; mais l'habitude fera encore long-temps attacher du prix à une affectation spéciale ; et l'expérience faite à cet égard sous tous les régimes, confirme cette opinion.

En 1787, nos fonds publics étaient à peu-près au taux où ils sont aujourd'hui ; la forme de Gouvernement qui existait alors, pouvait laisser craindre que les Ministres appliquassent quelquefois les fonds à d'autres objets que celui auquel ils étaient destinés ; la dénomination de *rentes sur l'Hôtel-de-Ville*, donnée à toutes les rentes qui étaient payées par l'Etat, semblait surtout pouvoir donner lieu à quelque confusion entre les revenus du Gouvernement et ceux de la Ville de Paris.

Et cependant, malgré tous ces obstacles à la

confiance que l'on pouvait prendre alors dans une assignation spéciale sur les revenus de la ville, cette affectation ayant été donnée pour un emprunt de 30 millions, au simple intérêt de 5 pour 100, cet emprunt, non-seulement fut souscrit en peu de jours, mais gagna bientôt une prime de 1 pour 100, tandis que les autres fonds publics continuaient de produire 7 ou 8 pour 100 du prix auquel ils étaient sur la place (ainsi qu'on peut s'en convaincre encore par la simple inspection des journaux de cette époque.)

L'emprunt de 12 millions, fait l'année dernière par la ville de Paris, sur cette même affectation, a eu un pareil succès.

Il est donc aisé de concevoir l'effet que produirait une assignation spéciale sur quelque branche du revenu public, qui serait consentie aujourd'hui par le Roi et par les Chambres pour un emprunt.

7°. J'ai pensé qu'il faudrait, pour assurer le succès de l'opération, donner au plus grand nombre de particuliers possible, le moyen de s'y intéresser; et c'est ce que j'ai fait, en divisant les titres de cet emprunt dans des sommes qui sont à la portée des moindres fortunes.

8°. Enfin, j'ai tâché de rendre cet emprunt vraiment français.

Traiter avec des étrangers pour une somme aussi considérable, n'est-ce pas établir *là* (chez l'étranger, et dans les mains étrangères) tout notre système de crédit, qui devrait avoir sa base *dans le pays*, *en France*, *chez nous*. C'est comme si nous établissions des mule-jenny (1) en Angleterre, pour faire fleurir nos manufactures de coton *en France*.

Il m'a donc paru convenable, que ceux qui seraient à la tête de l'opération ne pussent être que des Français.

Pour satisfaire aux différentes indications que je viens de donner, voici le plan d'emprunt que je propose :

---

(1) Machine à filer le coton.

PLAN D'EMPRUNT.

1°. Il serait ouvert au Trésor royal un emprunt de 200 millions;

2°. Il serait accordé à cet emprunt 9 pour 100 d'intérêt annuel;

3°. Il serait assigné, en outre, annuellement une somme égale à 3 pour 100 de son montant total, pour en opérer le remboursement successif;

4°. Les 200 millions formant le capital dudit emprunt, seraient représentés par des coupons de 1,000 fr. chacun;

5°. Ces coupons seraient délivrés à ceux qui auraient souscrit pour en avoir;

6°. Le payement en serait effectué, moitié au moment de la souscription, et moitié au moment de la délivrance des coupons;

7°. Il pourrait être provisoirement délivré à ceux qui auraient souscrit pour une somme de 100 mille francs et au-dessus, et qui auraient acquitté le montant total de leur souscription, des bordereaux représentatifs de ces sommes, lesquels seraient ensuite échangés contre les coupons de 1,000 francs, dans le nombre proportionné;

8°. Les 18 millions d'intérêts, et les 6 millions de remboursement déterminés par les articles 2 et 3, faisant ensemble 24 millions par an, seraient affectés spécialement sur le produit de la régie de l'enregistrement;

9°. Ces 24 millions seraient versés à la caisse d'amortissement, à raison de 2 millions par mois;

10°. Ils seraient déposés dans une caisse particulière, confiée à la garde des administrateurs de la Caisse d'amortissement.

Il serait pris, à l'égard de cette caisse particulière, toutes les précautions qui pourraient en constater la sûreté et la particularité.

11°. Les intérêts stipulés dans l'art. 2, commenceraient à courir au profit de la masse de l'emprunt, à partir du 1er. avril prochain;

12°. Ces intérêts ne seraient néanmoins payés aux souscripteurs, qu'à compter du jour des versemens effectifs par eux opérés.

La portion d'intérêt que ceux-ci n'auraient point à recevoir, serait versée dans la caisse de l'emprunt, et y constituerait le premier fonds d'amortissement, qui serait employé ainsi qu'il sera dit ci-après:

13°. Les six souscripteurs français des plus fortes sommes dans cet emprunt, en seraient constitués les syndics.

Ces syndics n'auraient d'autre fonction que de surveiller l'exécution des conditions ici établies, dans l'intérêt des actionnaires de l'emprunt.

Il ne serait attribué à ces syndics aucun émolument.

14°. Le remboursement de cet emprunt aurait lieu par dixième, à raison de 20 millions par an, et commencerait à s'effectuer à la fin de l'année 1822;

15°. A cet effet, les coupons dont il se composerait seraient divisés en dix séries, de 20 millions chacune; et le sort déciderait de celle qui devrait être remboursée la première;

16°. Dans le cas (peu présumable) où le prix de ces coupons ne s'éleverait pas sur la place au-dessus du pair, les 5 pour 100 annuels destinés à l'amortissement de l'emprunt seraient employés à racheter ces coupons sur la place, en y employant constamment, dans le cours de chaque mois, la somme qui aurait été versée à la caisse de l'emprunt par la régie de l'enregistrement;

17°. Dans le cas (plus vraisemblable) où les titres de cet emprunt se soutiendraient sur la place au-dessus du pair, les 5 pour 100 destinés à leur amortissement seraient employés à acquérir sur la place, des rentes sur l'Etat ; et les intérêts de ces rentes seraient constamment employés à en racheter de nouvelles ;

18°. La masse totale qui en résulterait, appartiendrait collectivement aux propriétaires des coupons de l'emprunt ;

Cette masse leur serait distribuée à l'époque du remboursement, ainsi qu'il suit :

Le dixième en serait réparti entre les propriétaires de la première série, remboursée à l'époque où ledit remboursement aurait lieu, c'est-à-dire, à l'expiration de l'année 1822.

A la fin de l'année 1823, le neuvième, tant de la masse restante que de l'accroissement qui aurait eu lieu pendant le cours de ladite année, serait également distribué aux propriétaires des coupons de la deuxième série remboursée, et ainsi de suite le 7e., le 6e., le 5e., le quart, le tiers, la demie, et enfin, la totalité de la masse existante à la série remboursée.

20°. La distribution de cet emprunt serait divisée en deux époques, à chacune desquelles il serait délivré pour 100 millions de coupons.

La première de ces distributions aurait lieu le premier juillet prochain.

L'époque de la seconde, qui aurait nécessairement lieu avant la fin de 1817, serait laissée à la prudence du Ministre des Finances.

21°. Dans aucun cas, le prix de 1000 fr. auquel chaque coupon serait fixé, ne pourrait être augmenté, pour la première partie de l'emprunt.

22°. Dans le cas où la confiance qu'un placement aussi solide aurait inspirée, en porterait promptement le prix, sur la place, à un taux supérieur au capital primitif, le Ministre serait autorisé à faire payer à ceux qui voudraient s'intéresser dans la deuxième partie de cet emprunt, une prime proportionnée à cet accroissement : et le montant de cette prime serait distribué par voie de loterie, aux porteurs des coupons de la première partie de l'emprunt.

OBSERVATIONS.

EXAMINONS les objections que l'on pourrait faire contre l'idée de substituer un autre emprunt à celui que les Ministres s'étaient occupés de négocier.

Les spéculateurs qui ont grande envie que cette opération, qui doit leur procurer de si grands bénéfices, ait lieu, ont pris soin de faire insérer dans les journaux des articles adroits, dont on aurait pu inférer : *que* la négociation de nos rentes à ces capitalistes étrangers se liait à nos relations politiques, et qu'elle aurait déjà obtenu l'assentiment des puissances étrangères.

Et cette considération serait immense, sans doute, si elle était fondée..

Mais il suffit de lire la note qui a été communiquée aux Chambres par les Ministres, le 13 février dernier, pour reconnaître que rien ne pourrait justifier une pareille idée.

Rien, dans cette note, ne s'applique à un emprunt modifié de telle ou telle manière ; les ambassadeurs y expriment seulement la satisfaction que leurs souverains éprouvent, en voyant la fidélité que nous apportons à l'exécution de nos engagemens, les démarches que nous faisons tant au dedans qu'au dehors, pour nous procurer les moyens d'y satisfaire.

Et si l'emprunt que je propose nous fait obtenir de l'argent à des conditions moins onéreuses; comme ils sentiront, que nous aurons plus de facilité pour trouver les fonds dont nous aurons besoin pour le même objet dans les années subséquentes, les Ministres étrangers ne pourront qu'applaudir à un changement aussi avantageux.

L'on a vu d'ailleurs dans nos journaux que les Ministres anglais ont déclaré au Parlement, que le gouvernement britannique n'était intervenu en rien dans la négociation des banquiers, qu'elle leur était absolument personnelle.

Il est donc bien constant que le choix de cette mesure ou de toute autre, se trouve entièrement dégagé de toute considération politique.

L'on pourra supposer ensuite *que* ces spéculateurs qui se promettaient de gagner 100 pour 100 sur nos capitaux, pourront prendre un peu d'humeur de se voir frustrés d'une pareille espérance.

Cette humeur serait mal fondée de leur part, puisqu'évidemment ces spéculateurs n'ont pu regarder toute négociation entamée avec eux que comme un projet, tant que la loi du budjet n'a pas été adoptée par les Chambres et sanctionnée par le Roi.

Cependant, il serait convenable d'y avoir égard, si une pareille humeur pouvait compromettre le sort de l'opération qui serait substituée à celle-là.

Mais ce danger n'est point ici à craindre.

L'on n'aurait aucun besoin de leur entremise pour le succès de l'emprunt que je propose.

Il suffirait de donner l'avis dans les journaux (assez tôt pour que l'on pût en être instruit dans les provinces) du jour où cet emprunt serait ouvert, pour qu'il y eût, ce jour-là, foule de demandeurs à la porte du Trésor royal. Cet emprunt serait bientôt rempli par des Français, animés du double motif de venir au secours de leur patrie, et d'obtenir, pour eux-mêmes, un placement de leur fonds très-avantageux.

D'ailleurs, ces spéculateurs ne prendraient pas autant d'humeur qu'ils voudraient le faire croire.

Ils sentiraient bientôt que l'emprunt que je propose, présente encore assez d'avantages pour que son succès ne soit pas incertain; et, dès-lors, les mêmes qui voulaient s'emparer de nos titres de rentes, seraient aussi les premiers à souscrire pour cet emprunt.

Après avoir élagué ces deux premières considérations, il ne reste plus qu'à examiner les motifs qui doivent obtenir la préférence à l'emprunt que je propose sur la négociation de nos rentes.

1°.

Je ne dirai plus rien sur la différence de n'avoir à rembourser qu'un capital, au lieu de deux, de ne se grever que de 300 millions, au lieu de 600 millions. Mais j'ajouterai qu'indépendamment de cet avantage matériel (qui suffirait seul pour décider l'option), l'avantage moral resultant de la différence de faire une bonne opération, ou une mauvaise, aura une grande influence sur notre crédit.

Les 5 pour 100 anglais sont aujourd'hui à 98, les nôtres sont à 61 ou 62. Cependant, nous avons autant de ressources pour acquitter nos dettes que les Anglais pour acquitter la leur. Notre loyauté n'est pas moindre ; les formes de notre Gouvernement présentent les mêmes garanties.

Une si grande différence entre le prix de capitaux productifs d'un intérêt égal, ne peut donc tenir qu'à la supposition que nous ne sommes pas aussi habiles pour faire usage de nos moyens.

Or, si dans une pareille conjoncture, nous adoptons encore une opération ruineuse, le motif qui nous décrédite acquerra encore plus de force; mais si, au contraire, nous faisons une opération raisonnable; si, en nous soumettant à payer un intérêt onéreux, auquel les circonstances nous réduisent, nous ne prenons pas en même temps des engagemens inutiles, et téméraires, j'ose le dire, pour la somme des capitaux à rembourser, la confiance ne pourra que s'en accroître en notre faveur; et peut-être en continuant à opérer avec la même intelligence, parviendrons-nous bientôt à établir le juste équilibre qui doit exister entre le crédit des deux nations.

2°.

La négociation de nos titres de rentes, ou plutôt la création de 600 millions nouveaux de ces titres, ne les fera pas baisser, sans doute, au-dessous du cours où ils sont aujourd'hui; mais, en les multipliant, elle les empêchera de s'élever au taux auquel ils devraient monter naturellement, tandis que l'emprunt proposé, étant une opération à part, et surtout ne créant que 300 millions de nouveaux capitaux de dettes, au lieu de 600, n'influera pas de la même manière sur le taux de la bourse.

3°.

Les 600 millions de titres de rentes, ainsi nouvellement créés, consommeraient, comme on a vu, leur part proportionnelle de l'amortissement ; tandis que l'emprunt proposé, en prenant cette même part annuelle dans le fonds d'amortissement, la rendrait à l'amortissement général, par l'achat de titres de rentes (ainsi qu'on l'a vu dans l'article 17 du projet), et augmenterait ainsi l'effet de l'amortissement, au lieu de le diminuer.

4°.

Je ne répondrai point à une objection qui sera sûrement faite :

Que le produit de l'enregistrement, ou telle autre partie de nos revenus que l'on affecterait à l'emprunt, a maintenant son emploi.

Sans doute, ces revenus entrent dans la masse de nos dépenses, mais ils n'ont point d'application spéciale.

Or, il est constant qu'il faudra dans tous les cas prendre annuellement sur la masse totale de nos revenus la somme nécessaire pour pourvoir au paiement des intérêts et à l'amortissement, soit des rentes qui seraient créées, soit de l'emprunt qui serait adopté.

Et, il est évident pour moi que toutes les oppositions que l'on pourrait apporter ici à la délégation spéciale que je demande, ne serviraient qu'à démontrer encore plus, combien cette spécialité sera préférable pour les prêteurs, combien elle ajoutera à la confiance dans ce nouvel emprunt, dont l'effet sera de sauver 300 millions à la France.

POST-SCRIPTUM.

Cet écrit était (ainsi que je l'ai dit au commencement) destiné à paraître avant l'adoption du budjet par la chambre des députés.

Quelque préférable qu'un plan pût être à un autre, on pourrait trouver quelqu'inconvenance à le publier dans le moment actuel, s'il avait pour objet de bouleverser le budjet ; mais il ne s'agit au contraire ici, comme on voit, que d'assurer l'exécution d'une de ses parties (de l'emprunt de 200 millions) par un mode qui paraît préférable à celui qu'on a proposé.

Cette disposition n'exigerait même de la par de la Chambre des Pairs aucun amendement. Il suffirait d'adopter un article additionnel, qui autoriserait le Ministre des Finances à réaliser l'emprunt par ce mode ou par l'autre.

La Chambre des Députés ayant adopté, dans sa séance du 4 mars, l'idée d'affecter à toute la dette publique le produit de l'enregistrement, que je proposais d'affecter seulement au nouvel emprunt de 200 millions, il n'en résultera plus en faveur de celui-ci, le même motif de préférence qu'il aurait eu sans ce rapport ; mais il lui restera toujours l'avantage d'un amortissement de 3 pour 100, au lieu de celui d'un et demi pour 100, dont jouira le reste de la dette publique, et celui de l'emploi de ce fonds d'amortissement, tel qu'il est établi dans l'article 17 du projet.

Mais, je dois le dire, cette nouvelle disposition *d'une affectation spéciale* à toute la dette publique (qui n'existe pas en Angleterre), doit elle seule, contribuer à faire monter le taux de toutes les créances sur notre Gouvernement.

Or, encore une fois, les 5 pour 100 anglais sont à 98 ; et, lorsque les 5 pour 100 français auront une affectation spéciale, telle que celle qui va leur être donnée, il n'y aura pas de raison pour qu'ils ne s'élèvent pas promptement au même taux.

Et quand il est démontré que le manque de crédit ne résultait ici que de la difficulté d'acquitter les engagemens du moment ; quand l'effet d'un emprunt de 200 millions sera évidemment de faire cesser cette cause unique de notre discrédit, ceux qui fourniront ces 200 millions (même quand ils seraient fondés à prétendre que l'accroissement de notre crédit aurait eu pour première cause, l'espoir qu'ils nous auraient donné de nous les procurer) ne devraient-ils pas consentir à en partager le bénéfice avec nous ? Ils ne se compromettraient point en prenant nos capitaux de rentes à 80 francs.

Ils ne se compromettront point en prenant au pair les coupons de l'emprunt que je propose.

Ces motifs m'ont donc fait penser que l'ensemble de ces observations pourrait paraître, encore aujourd'hui, digne de quelqu'attention.

IL S'AGIT DE SAUVER TROIS CENTS MILLIONS A LA FRANCE.

N. B. — *En considérant même l'opération comme déjà conclue pour 100 millions, il serait encore possible de prendre un autre parti pour les autres 200 millions.*

Imprimerie Porthmann, rue Ste.-Anne, n°. 43.

www.ingramcontent.com/pod-product-compliance
Ingram Content Group UK Ltd.
Pitfield, Milton Keynes, MK11 3LW, UK
UKHW020401220726
13923UKWH00004B/1669

9 782019 630621